This is Me

*이 책은 작가 특유의 문체와 화법, 띄어쓰기를 살렸습니다.

평범해서 좋은 것들

지은이 최대호
펴낸이 임상진
펴낸곳 (주)넥서스

초판 1쇄 발행 2019년 12월 25일
초판 2쇄 발행 2020년 1월 6일

출판신고 1992년 4월 3일 제311-2002-2호
10880 경기도 파주시 지목로 5 (신촌동)
Tel (02)330-5500 Fax (02)330-5555

ISBN 979-11-6165-837-7 03810

가격은 뒤표지에 있습니다.
잘못 만들어진 책은 구입처에서 바꾸어 드립니다.

www.nexusbook.com

평범해서 좋은 것들

This is Me

최대호 지음

최대호 작가의 감성 글에

평범히 살고 싶어 열심히 사는 나,

작지만 괜찮은 하루,

나의 날들을 쓰고 그리다

넥서스BOOKS

저는 행복하고 싶습니다.
행복을 위해 가장 필요한 게 뭘까 생각해 봤는데
나 스스로를 잘 아는 것이었습니다.

나에 대해 적어보고 또 느껴보며
나를 알아가는 순간들,
앞으로 더 행복해질 당신에게도
꼭 필요한 시간입니다.

최대호

어떤 시작을 할 때
'걱정'이 아니라
'기대'를 할 수 있길

요즘 어때요, 잘 지내요?

걱정이 많아 ______를 괴롭혔고

마음만 먹으면 할 수 있던 것을 많이 놓쳤어요.

다른 사람에게는 하지 못할 말을 ______에게 함부로 했어요.

죄송하지 않은 일에 죄송하다고 말하며 ______를 아프게 했죠.

7

______의 마음도 헤아리지 못하면서

다른 사람이 쏟아내는 감정을 쓰레기통처럼 받아냈어요.

억울한 마음이 들 때도 있었지만 ______를 탓하고

______를 아프게 하며 버티기만 했죠.

거창한 무언가가 되고 싶었던 적은 없었어요.

하루하루 최선을 다해 살았지만

______를 행복하게 할 수 있는 일에 무관심했던 거죠.

그래서 ______를 돌아봤어요.

참 오래 잊고 살았지만

_____는 누군가의 귀한 아들딸로 태어나

그들이 살아가야 할 이유였고 전부였어요.

그런데 _____는 부모님이 걱정하실까 봐, 마음 아파하실까 봐

늘 괜찮다고, 잘 지낸다고 거짓말을 했어요.

때로는

누군가의 가슴을 설레게하는 사람이란 걸,

때로는 곁에 있는 것만으로도

힘이 되어주는 멋진 사람이란 걸

_____는 오랜 시간 잊고 살았네요.

밑줄 그은 곳에 '나'라고 써넣으니

나를 존중하지 않는 사람에게 마음 쓰면서

하루하루 최선을 다하지만

정작 오늘을,

내 행복을,

놓치며

행복해질 수 있는 일에 점점 무뎌가는 내가 있었죠.

11

이제 나는

나를 먼저 생각하고

내 마음을 먼저 알아주려고 해요.

세상에서 제일 예쁜 사람은 바로 나니까.

최대호 작가의 아주 사적이고 시시콜콜한 프로필

나는 좋아하는 게 많아요.

한국 영화를 좋아하고

따뜻한 피자 호빵을 좋아하고

강아지를 좋아하고

당연히 고양이도 좋아하고

귀여운 건 다 좋아해요.

그리고 여행을 좋아하는데

사실 여행도 좋지만 떠나기 전 설레는 마음을 좋아해요

평일에는 카페에서 아인슈페너 마시는 걸 좋아하고

친구의 생일을 챙겨주는 것을 아주 좋아한답니다.

그리고 또,

나 자신을 좋아하고요.

-최대호-

오른쪽 페이지에 나이, 혈액형, 출신 학교, 집 주소 말고
당신을 드러내는 취향과 이야기들로 가득한 프로필을 써보세요.
시시콜콜할수록 좋아요. 당신을 온전히 드러낼 테니까요.

아주 사적이고 시시콜콜한 프로필

contents & guide

이 책은 최대호 작가의 감성 글에

다이어리, 컬러링, 일기장, 감정분리수거 노트를 더한

에세이 라이팅북입니다.

평범히 살고 싶어 열심히 사는

당신을 위해 최대호 작가의 감성 글을

책 곳곳에 담았습니다.

출간 즉시 베스트셀러에 올랐던

『평범히 살고 싶어 열심히 살고 있다』

『읽어보시집』『너의 하루를 안아줄게』 중

독자들에게 가장 많이 사랑받은 글만 담았습니다.

작가의 신작과 그림도 더해 따뜻한 감성을 느낄 수 있습니다.

이 책에 매일 작은 기적을 써 내려가는

당신의 괜찮은 하루를 행복하게 기록하기를 바랍니다.

dailylog

평범히 살고 싶어 열심히 사는
당신의 작지만 괜찮은 일상을 써보세요.

drawing, coloring

당신의 마음을 행복하게 물들일 그림을 담았습니다.
펜으로 라인을 그려보거나 색연필로 칠해보세요.

puzzle sticker

본문에 '축하합니다', '괜찮아질 거야' 등 6가지 단어가 있습니다.
퍼즐 스티커를 활용해 '퇴사를 정말 축하합니다',
'마음이 괜찮아질 거야'처럼 당신의 문장을 완성해 보세요.

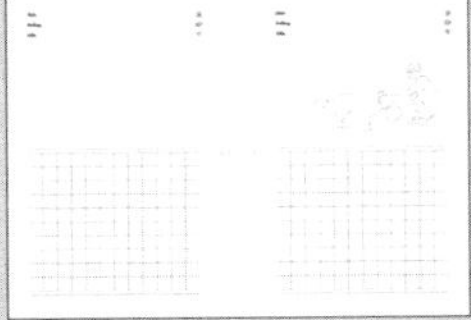

drawing diary

행복한 일들만 기록하는 일기장입니다.
살면서 기분 좋은 일들, 기억하고 싶은 순간들을 남기세요.

let it go

작은 여행지, 소확행 코스처럼 마음만 먹으면
갈 수 있는 곳들, 나를 더 단단하고 행복하게 채워주는
영화나 책 속 감성 글귀들을 적어보세요.

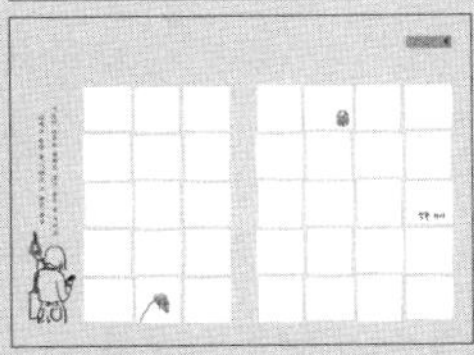

my planner

내 스타일에 맞춰 쓰기 편하게 만드는 나만의 플래너예요.
손글씨로 요일과 날짜를 써보고, 특별한 날에는
최대호 숫자스티커를 붙여보세요.

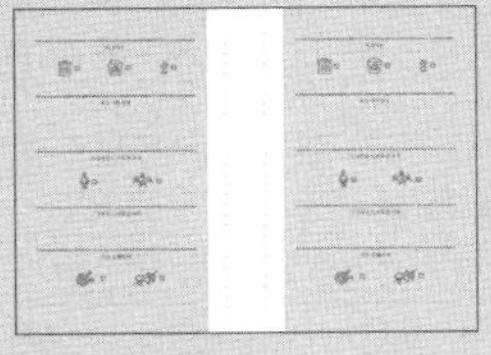

your emotional trashcan

당신은 동의한 적 없는데 당신을
감정쓰레기통으로 생각하고 사용하는 사람들을
더는 받아주지 마세요. 나쁜 감정들을 마음에
쌓아두지 말고 종류별로 분리수거해서 버리세요.

1

dailylog

당신이
행복해질 수 있는 날들을
기록해 보세요

마음 아파하면서 버티는 건 하지 마요

21

무엇하든 행복할 자격이 있는 당신이니까요

오늘 너에게 유난히 포근한 햇살이 비쳤으면

오늘에 만족해도 돼
아침부터 고생하고 할 일도 많았는데 잘 해냈어
네가 뭘 그렇게 못했다고 스스로를 미워하니
마음 아프게

27

작은 일에 아파하지 말아요
자책하고 울지 말아요
소중하고 예쁜 사람
당신보다 중요한 건 없으니까요

너무 급하게 생각하지 말아요
그렇다고 너무 신중하게 행동하지도 말아요
당신이 어떤 선택을 했다면 자신을 믿고 가면 돼요
잘할 수 있다고 당신을 믿어줘요
나도 응원할게요, 오늘도 행복하게 보내요

새로운 곳을 향하는 걸음에

31

격 정 보 다 는 설 렘 이 가 득 하 기 를

괜찮다

우린

다

잘하고

있다

SNACK

궂은 날씨
울퉁불퉁한 길, 다 치고 달려가
당신과 오랫동안
있어야겠습니다

37

오늘 힘들었으니 내일은 행복했으면
오늘 행복했으니 내일도 행복했으면
이렇게 행복 앞에서는
얼마든지 이기적이어도 좋아요

벌써 밤이 왔다
빛나지 못했다고 안타까워하기엔
당신은 아직 젊다

긴 시간 간절한 마음으로 열심히 걸어온 너 자신을 믿어도 돼

다 잘될 거야 웃을 일 더 많을 거야

마음 아파하면서 버티는 건 하지 마요
어딜 가든
무얼 하든
행복할 자격이 있는 당신이니까요

죄송하지 않은 일에 죄송하다고 말하고
가능하지 않은 일을 가능하게 하느라
오늘도 고생했어요, 정말로 잘 해냈어요
잘 버텨냈어요

바라만 봐도 힘이 나는 걸 꼭 만들고 사세요
다 포기하고 싶은 밤에도
도망치고 싶은 상황에도
나도 모르게 눈물이 날 것 같은 순간에도
떠올리기만 해도 웃음이 나는 것
사람이 살아가는데 꼭 필요하거든요
그리고 그것에 최대한 사랑을 쏟아주세요

과하게 잘 해줘도 그래도 괜찮아요

내일은 어딜 가든 예쁨받고 누구에게나 칭찬받고

뭘 먹어도 맛있는 그런 하루가 될 거예요

지금보다 좋지 않은 상황도 있었지만
그때마다 당신은 다 이겨냈다
당신은 생각보다 훨씬 강한 사람이다
자신을 믿어보자
난관에 부딪혀야 하는 사람은 당신이고
결국 또 한 번 해낼 사람 또한 당신이니까

53

네가 단단해지면 좋겠다
나의 응원들이 모여서
너의 걸음을 단단하게
만들었으면 나는 좋겠다

갈까?
우리 여행 갈까?
네가 사랑하는 계절로
데려다줄게

끊임없이 꾸밈없이 굽힘없이 가자

눈뜨면 좋은 생각을 할 것 시작하기 전에 걱정하지 말 것

59

나에게도 남에게도 예쁜 말을 많이 해줄 것

위로를 주는 일은 너무나 중요합니다
위로는 사람을 살아가게 하는 힘이니까요
그러니 우리 각자의 방법으로
많이 위로를 주고받으며 살아요

그거 알아? 넌 행복한 게 어울려

당.신.은
아무것도 한 게 없는 사람이 아니라
앞으로 뭐든 할 수 있는 사람이에요

생각이 너무 많으면 마음 정리가 안 되고
어느 하나에 집중하기 어려워요
매일 하던 일도 실수하게 되고
안 좋은 감정들이 쌓여 계속 힘들어져요
이렇 때일수록 생각을 줄이는 연습이 필요해요

걱정 많이 했고 너무 두려웠고

도망치고 싶었죠

하지만 멈춰 서서 돌아봐요

당신은 그렇게 하지 않았어요

당신은 꽤 잘 해내고 있었죠

우는 날보다 웃는 날이 많으면 그걸로 됐다

살면서 힘든 순간이 수백 번 온다 해도

그 수백 번에 딱 한 번 더 힘내서 살아볼래

쉴 때는 쉬기만 하세요
자꾸 아쉬웠던 것을 떠올리거나 진전이 없는
일을 생각하는 건 제대로 쉬는 게 아니에요
마음이 무거우면 피로가 안 풀리고 힘이 나지 않아요
어렵겠지만 쉴 때는 나쁜 생각은 하지 마요

나는 고양이도 없는데 집에 너무 가고 싶다 고양이집사들은 얼마나 집에 가고 싶을까

살면서 느낀 것

79 맞는 사람은 처음부터 맞는다

기대하지 않으면 편하다

내 걱정은 내가 한다

걱정하다가
우울해하다가
너의 예쁜 하루가
다 가잖아

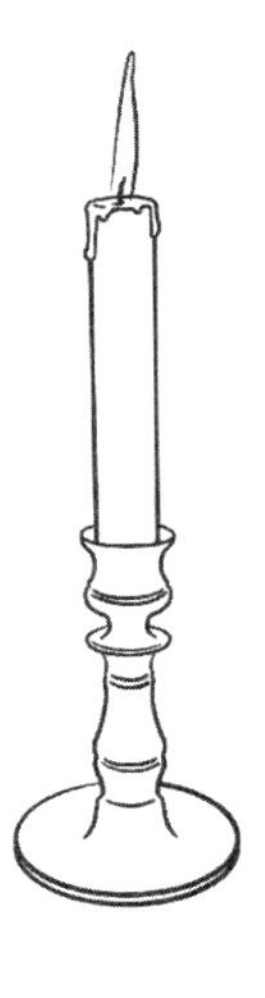

어떡하겠어요 우울할 때는 우울함 속에 있어도 돼요

그래도 오늘은 어제보다 덜 아프길 바랄게요

그래도 괜찮아요, 당신 삶이에요
후회도 남고 배움도 얻으며 그렇게그렇게
더 좋은 사람이 되는 거예요

내 마음을 속이지 말자
내 기분을 속이지 말자
내 하루를 속이지 말자
내가 나를 속이지 말자

말을 예쁘게
같은 말도 더 듣기 좋게 하는 건
타고난 것도, 성격도 아니에요
얼마나 상대방을 생각하느냐가
표현으로 나오는 거니까요

해보지도 않고 너를 알지도 못하는 사람들의 말에 속아 너를 잃지 마

하기 싫지만 다 해냈고 어렵지만 잘 마쳤고 먼 길도 묵묵히 걸어왔다

당신은 그런 사람이다 그렇게 대단한 사람이다

우리는 얼마나 빠른가보다
얼마나 '잘' 가고 있는지 신경 써야 해요
인생은 속도보다 완주가 중요한 마라톤이니까요

9

가면서 행복한 길

가지 않았으면 후회할 길

당신은 걸을 자격 있고

아무도 응원하지 않는다고 해도

그게 당신의 길이에요

여행? 퇴사? 휴식? 그런 거 정해진 시기 없어 네가 하기로 마음먹었다면 그때가 가장 좋은 시기야

성적이 낮다고 해서 결과가 나쁘다고 해서 합격하지 못했다고 해서

그렇다고 해서 노력하지 않은 것이, 수고하지 않은 것이 아니에요

1

관계는 자연스러운 거예요
멀리 있어도 가까운 사람이 있고
자주 봐도 내 마음을 다 열지 못하는 사람이 있죠
노력하지 않아도 좋은 관계들은 늘 거기에 있거든요
너무나 자연스럽게 말이에요

우리 기대해요

좋은 날들 많이 올 거라고

웃음이 끊이지 않을 행복한 날들이

기다리고 있을 거라고

넘어져도 사랑해주고 실수가 잦아도 아껴주세요

107

세상에 하나뿐인 나잖아요 진실한 사랑을 주면 잘될 수밖에 없어요

넌 왜 그렇게 생겼어?

예쁘게

책을 보다 마음에 드는 예쁜 글을 봤는데
너에게 바로 보여주지 않고
네가 잠드는 12시가 넘어 문자를 보냈어
내일 눈 뜨자마자 그 글을 보고
하루 종일 네가 행복했으면 해서

1

1

내가 힘들 때 누구 한 명이라도
괜찮다고 말 해줬다면 스스로를
그렇게 미워하지 않았을 텐데

앞날에 대해 불안해하거나 걱정하기에는

1

네가 지금까지 해온 노력이 너무나 충분해

나는 내 인생을 응원해야 해

잠들기 전 통화에서 너의 지친 목소리 잘 안 풀리는 일들 걱정되는 내일을 듣고

9

내가 꼭 해주고 싶은 말은 세상에서 제일 예쁜 꿈 네가 오늘 꿨으면 좋겠다는 말

매일매일 치열하고 바쁘게 살고 있으니 하루쯤은 아무것도 하고 싶지 않은 요즘

내가 당신을 만나면 당신은 생각하는 것보다 강하다고

지금의 어려움을 이겨낼 수 있다고 다 잘될 거라고 모든 응원을 전해줄 거예요

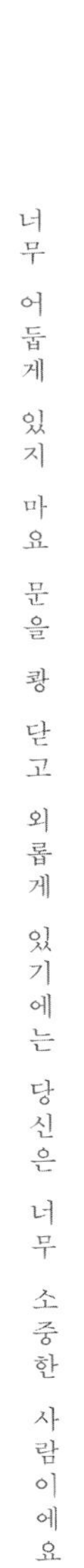

너무 어둡게 있지 마요 문을 쾅 닫고 외롭게 있기에는 당신은 너무 소중한 사람이에요

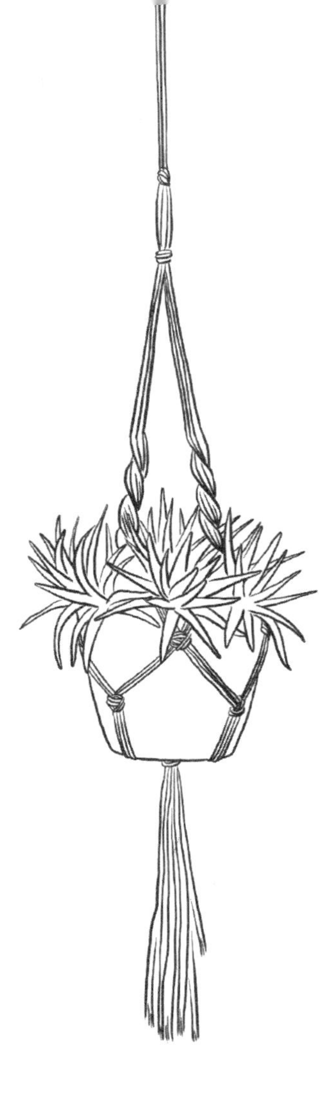

좋은 사람들과
낭비한 시간이 바로
행복이에요

1

너의 노력과

29 고민이 들어간 걸음들은

정말 행복한 곳으로

널 데려다줄 거예요

당신은 그냥 당신이기 때문에 특별한 거예요
때로는 실수도 하고 가끔은 외롭기도 하고
부족한 면도 있지만 당신이 소중한 건 변함없어요

당신도 그래요 지금은 힘든 곳에 있을 수도 어려운 상황에 놓여있을 수도 있지만

예쁘게 태어났기 때문에 지금도 앞으로도 너무 예뻐요

1

세상일 어느 것 하나 도통 쉬운 게 없어요
하지만 당신은 겨우겨우이든
꾸역꾸역이든 항상 해내고 있어요
당신은 제일 먼저 당신을 인정해 줘야 해요

길고 힘들었던 하루에

37 나는 네 편을 들어주고 고생했다고 말해주고

넌 조금은 괜찮아지고 오늘은 잘 자게 되고

2

puzzle sticker

6가지 동사가 있습니다
퍼즐 스티커에서 단어를 골라
당신이 이루고 싶은 바람이나 특별한
순간들을 담은 문장을 만들어보세요

새로운 시작을 정말

정말 잘한 거야

잘한 거야

입사를

축하합니다

유튜브 개설을

고백을 새로운 시작을

축하합니다 퇴사를 잘한 거야

정말 새로운 시작을 축하합니다

잘한 거야 입사를

축하합니다

축하합니다 정말 퇴사를

☞ 책 뒤에 있는 퍼즐 스티커 01 '축하합니다', '괜찮아질 거야'를 활용하세요.

축하합니다

date.

title.

축하합니다

14

date.

title.

축하합니다

date.

title.

환경이

괜찮아질 거야 관계가

이제는 마음이

상처가 점점

괜찮아질 거야

마음이

건강이

관계가

괜찮아질 거야 괜찮아질 거야

마음이 환경이 건강이

점점 상처가 괜찮아질 거야

괜찮아질 거야

마음이

☞ 책 뒤에 있는 퍼즐 스티커 01 '축하합니다', '괜찮아질 거야'를 활용하세요.

괜찮아질 거야

date.

title.

괜찮아질 거야

date.

title.

괜찮아질 거야

date.

title.

엄마 집에　　여행을　　집에

집에　　맛집에　　가고 싶다

가고 싶다　　네 마음속에

제주도에

카페에

여행을　　네 마음속에

네 마음속에

가고 싶다　　스키장에

가고 싶다

맛집에　　여행을

노래방에

가고 싶다

네 마음속에

☞ 책 뒤에 있는 퍼즐 스티커 02 '가고 싶다', '궁금하다'를 활용하세요.

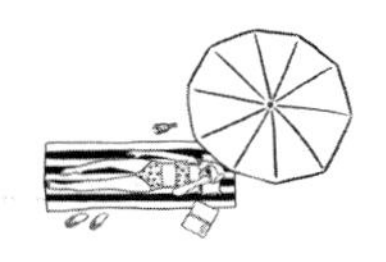

가고 싶다

date.

title.

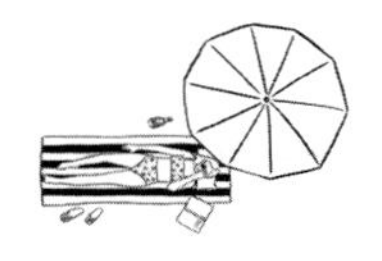

가고 싶다

date.

title.

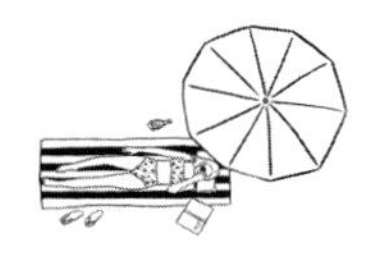

가고 싶다

151

date.

title.

궁금하다 내 인생이

팀장님 마음속이

궁금하다

강아지의 생각이 내일이

고양이의 생각이

카드값이

시험결과가

부모님이 잘 계시는지

궁금하다

궁금하다

친구의 안부가

내 인생이

내일이

팀장님 마음속이

궁금하다

☞ 책 뒤에 있는 퍼즐 스티커 02 '가고 싶다', '궁금하다'를 활용하세요.

궁금하다

153

date.

title.

궁금하다

date.

title.

궁금하다

date.

title.

보고 싶다

첫사랑이

보고 싶다

남자친구

엄마

고양이

영화

여자 친구

오랜 친구가

강아지

첫사랑이

보고 싶다

보고 싶다

소주

여자 친구

남자친구

강아지

보고 싶다

영화

오랜 친구가

☞ 책 뒤에 있는 퍼즐 스티커 03 '보고 싶다', '먹고 싶다'를 활용하세요.

보고 싶다

157

date.

title.

보고 싶다

date.

title.

보고 싶다

date.

title.

파스타가

닭발이

먹고 싶다

치킨이

삼겹살이

엽떡이

라면이

소고기가

먹고 싶다

소주가

맥주가

먹고 싶다

파스타가

닭발이

치킨이

엽떡이

먹고 싶다

라면이

소고기가

삼겹살이

먹고 싶다

☞ 책 뒤에 있는 퍼즐 스티커 03 '보고 싶다', '먹고 싶다'를 활용하세요.

먹고 싶다

61

date.

title.

먹고 싶다

date.

title.

먹고 싶다

date.

title.

3

drawing diary

소확행 일기장입니다
기억하고 싶은 설레고
행복한 일들만 써보세요
꺼내보면 행복해질 거예요

date.

feeling.

title.

date.

feeling.

title.

date.

feeling.

title.

date.

feeling.

title.

date.

feeling.

title.

date.

feeling.

title.

date.

feeling.

title.

date.

feeling.

title.

date.

feeling.

title.

date.

feeling.

title.

date.

feeling.

title.

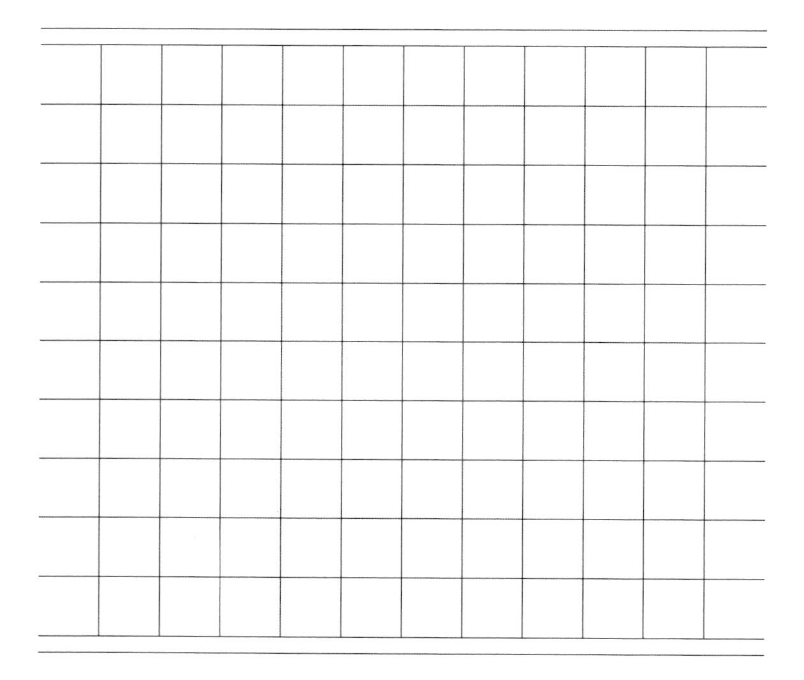

date.

feeling.

title.

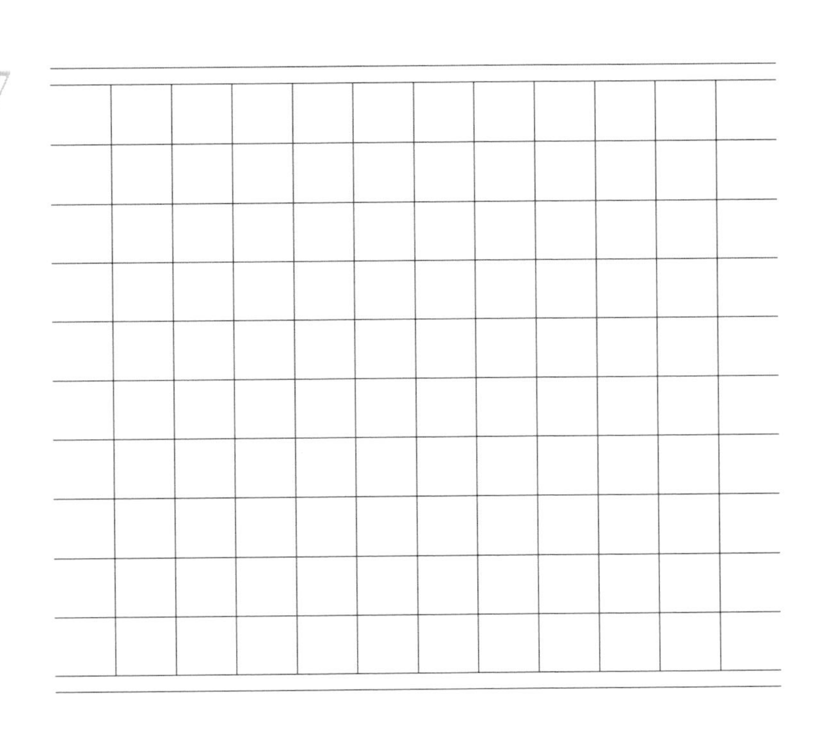

date.

feeling.

title.

date.

feeling.

title.

date.

feeling.

title.

date.

feeling.

title.

31

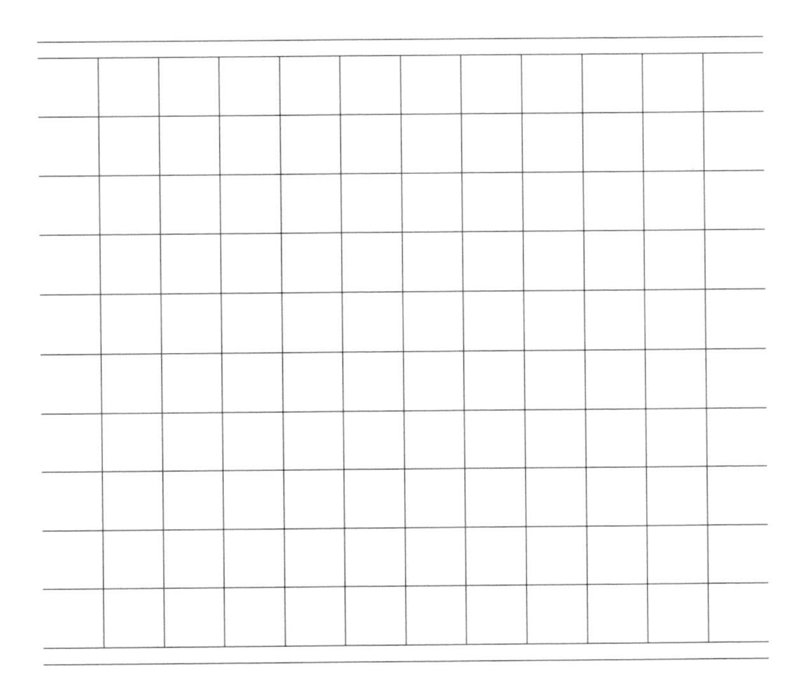

date.

feeling.

title.

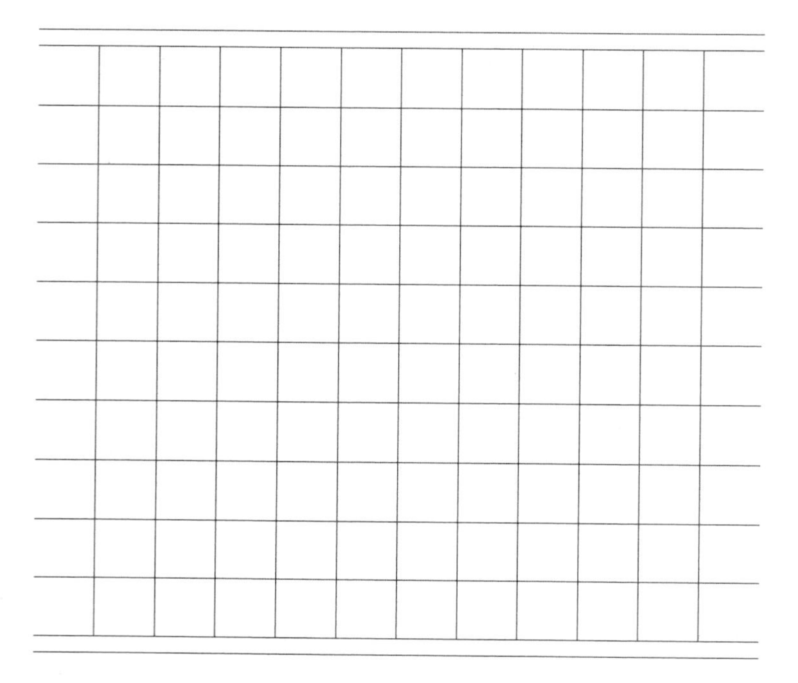

date.

feeling.

title.

date.

feeling.

title.

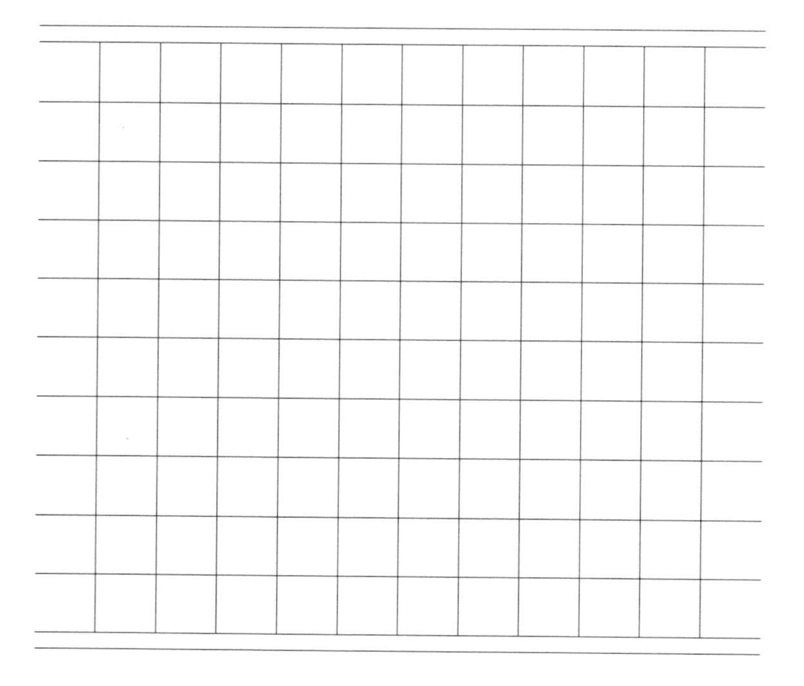

date.

feeling.

title.

let it go

작은 여행지나 소확행 코스처럼
마음만 먹으면 갈 수 있는 곳들,
나를 더 단단하고 행복하게 채워주는
영화나 책 속 감성 글귀들을 적어보세요.

My little trip

My little trip

My little trip

My little trip

My little trip

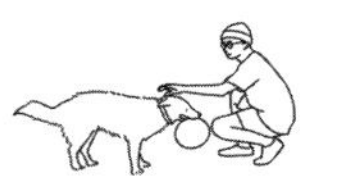

My little trip

My little trip

My little trip

My little trip

My little trip

My words

My words

My words

My words

My words

My words

My words

My words

My thoughts and feelings

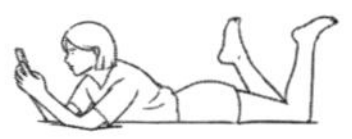

My thoughts and feelings

My thoughts and feelings

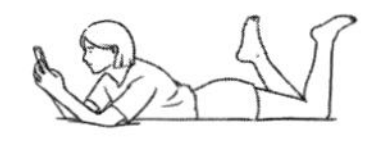

My thoughts and feelings

My thoughts and feelings

My thoughts and feelings

My thoughts and feelings

My thoughts and feelings

My thoughts and feelings

My thoughts and feelings

My thoughts and feelings

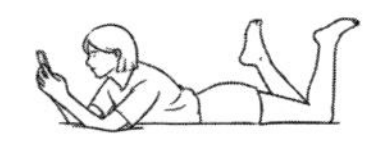

My thoughts and feelings

My thoughts and feelings

My thoughts and feelings

5

my planner

쓰기 편하고 보기 편한 방식으로

만드는 나만의 플래너예요

손글씨로 요일과 날짜를 쓰고

특별한 날에는 최대호 숫자스티커를 붙여보세요

겨울이 아무리 추워도 결국 봄은 올 거라고
너에게 분명 올 거라고 그 좋은 봄날

월

잘한 거야

겨울이 아무리 추워도 결국 봄은 올 거라고
너에게 분명 올 거라고 그 좋은 봄날

월

괜찮아질 거야

겨울이 아무리 추워도 결국 봄은 올 거라고
너에게 분명 올 거라고 그 좋은 봄날

월

이제는

좋은 일이

생길 거야

사랑해요
겨울이 아무리 추워도 결국 봄은 올 거라고
너에게 분명 올 거라고 그 좋은 봄날

월

고마워요

겨울이 아무리 추워도 결국 봄은 올 거라고
너에게 분명 올 거라고 그 좋은 봄날

월

할 수 있다

겨울이 아무리 추워도 결국 봄은 올 거라고
너에게 분명 올 거라고 그 좋은 봄날

월

안아줄게

마음 편하고 아무것도 하지 않아도 행복한 지금
그게 바로 좋은 게으름입니다

월

마음 편하고 아무것도 하지 않아도 행복한 지금
그게 바로 좋은 게으름입니다

월

잘 해왔잖아

마음 편하고 아무것도 하지 않아도 행복한 지금
그게 바로 좋은 게으름입니다

너는 소중해

월

응원할게

마음 편하고 아무것도 하지 않아도 행복한 지금
그게 바로 좋은 게으름입니다

월

잘 해왔잖아

마음 편하고 아무것도 하지 않아도 행복한 지금

그게 바로 좋은 게으름입니다

월

좋아질 거야

마음 편하고 아무것도 하지 않아도 행복한 지금
그게 바로 좋은 게으름입니다

너무 잘했네

월

너는 소중해

겁먹지마

겨울이 아무리 추워도 결국 봄은 올 거라고

너에게 분명 올 거라고 그 좋은 봄날

월

겨울이 아무리 추워도 결국 봄은 올 거라고
너에게 분명 올 거라고 그 좋은 봄날

월

곁에 있을게

2020

1 January

			1	2	3	4
5	6	7	8	9	10	11
12	13	14	15	16	17	18
19	20	21	22	23	24	25
26	27	28	29	30	31	

2 February

						1
2	3	4	5	6	7	8
9	10	11	12	13	14	15
16	17	18	19	20	21	22
23	24	25	26	27	28	29

3 March

1	2	3	4	5	6	7
8	9	10	11	12	13	14
15	16	17	18	19	20	21
22	23	24	25	26	27	28
29	30	31				

4 April

			1	2	3	4
5	6	7	8	9	10	11
12	13	14	15	16	17	18
19	20	21	22	23	24	25
26	27	28	29	30		

5 May

					1	2
3	4	5	6	7	8	9
10	11	12	13	14	15	16
17	18	19	20	21	22	23
24/31	25	26	27	28	29	30

6 June

	1	2	3	4	5	6
7	8	9	10	11	12	13
14	15	16	17	18	19	20
21	22	23	24	25	26	27
28	29	30				

7 July

			1	2	3	4
5	6	7	8	9	10	11
12	13	14	15	16	17	18
19	20	21	22	23	24	25
26	27	28	29	30	31	

8 August

						1
2	3	4	5	6	7	8
9	10	11	12	13	14	15
16	17	18	19	20	21	22
23/30	24/31	25	26	27	28	29

9 September

		1	2	3	4	5
6	7	8	9	10	11	12
13	14	15	16	17	18	19
20	21	22	23	24	25	26
27	28	29	30			

10 October

				1	2	3
4	5	6	7	8	9	10
11	12	13	14	15	16	17
18	19	20	21	22	23	24
25	26	27	28	29	30	31

11 November

1	2	3	4	5	6	7
8	9	10	11	12	13	14
15	16	17	18	19	20	21
22	23	24	25	26	27	28
29	30					

12 December

		1	2	3	4	5
6	7	8	9	10	11	12
13	14	15	16	17	18	19
20	21	22	23	24	25	26
27	28	29	30	31		

2021

1 January

					1	2
3	4	5	6	7	8	9
10	11	12	13	14	15	16
17	18	19	20	21	22	23
24/31	25	26	27	28	29	30

2 February

	1	2	3	4	5	6
7	8	9	10	11	12	13
14	15	16	17	18	19	20
21	22	23	24	25	26	27
28						

3 March

	1	2	3	4	5	6
7	8	9	10	11	12	13
14	15	16	17	18	19	20
21	22	23	24	25	26	27
28	29	30	31			

4 April

				1	2	3
4	5	6	7	8	9	10
11	12	13	14	15	16	17
18	19	20	21	22	23	24
25	26	27	28	29	30	

5 May

						1
2	3	4	5	6	7	8
9	10	11	12	13	14	15
16	17	18	19	20	21	22
23/30	24/31	25	26	27	28	29

6 June

		1	2	3	4	5
6	7	8	9	10	11	12
13	14	15	16	17	18	19
20	21	22	23	24	25	26
27	28	29	30			

7 July

				1	2	3
4	5	6	7	8	9	10
11	12	13	14	15	16	17
18	19	20	21	22	23	24
25	26	27	28	29	30	31

8 August

1	2	3	4	5	6	7
8	9	10	11	12	13	14
15	16	17	18	19	20	21
22	23	24	25	26	27	28
29	30	31				

9 September

			1	2	3	4
5	6	7	8	9	10	11
12	13	14	15	16	17	18
19	20	21	22	23	24	25
26	27	28	29	30		

10 October

					1	2
3	4	5	6	7	8	9
10	11	12	13	14	15	16
17	18	19	20	21	22	23
24/31	25	26	27	28	29	30

11 November

	1	2	3	4	5	6
7	8	9	10	11	12	13
14	15	16	17	18	19	20
21	22	23	24	25	26	27
28	29	30				

12 December

			1	2	3	4
5	6	7	8	9	10	11
12	13	14	15	16	17	18
19	20	21	22	23	24	25
26	27	28	29	30	31	

쌓아둘 필요 없는 버려야 할 감정

생각해 볼 필요가 있는 감정

찜찜함이 남아 있는 감정

한 명

다수

사이다 멘트를 날린다

연락을 받지 않는다

5

your emotional trashcan

당신은 동의한 적 없는데
당신을 감정쓰레기통으로 생각하고
사용하는 사람들을 더는 받아주지 마세요
나쁜 감정들을 마음에 쌓아두지 말고
종류별로 분리수거해 보세요

이 감정은

 □  □ 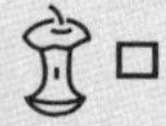 □

오늘 나의 감정

그 감정을 느끼게 한 주체

 □  □

그 감정을 느끼게 된 이유

같은 상황이 온다면

 □  □

이 감정은

□ □ □

오늘 나의 감정

그 감정을 느끼게 한 주체

□ □

그 감정을 느끼게 된 이유

같은 상황이 온다면

□ □

이 감정은

□ □ □

오늘 나의 감정

그 감정을 느끼게 한 주체

 □  □

그 감정을 느끼게 된 이유

같은 상황이 온다면

 □  □

이 감정은

□ □ □

오늘 나의 감정

그 감정을 느끼게 한 주체

□ □

그 감정을 느끼게 된 이유

같은 상황이 온다면

□ □

이 감정은

 ☐  ☐ 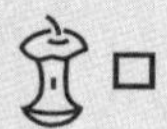 ☐

오늘 나의 감정

그 감정을 느끼게 한 주체

 ☐  ☐

그 감정을 느끼게 된 이유

같은 상황이 온다면

 ☐  ☐

이 감정은

□ □ □

오늘 나의 감정

그 감정을 느끼게 한 주체

□ □

그 감정을 느끼게 된 이유

같은 상황이 온다면

□ □

이 감정은

 □  □ 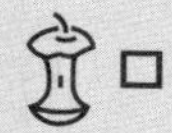 □

오늘 나의 감정

그 감정을 느끼게 한 주체

 □  □

그 감정을 느끼게 된 이유

같은 상황이 온다면

 □  □

이 감정은

□ □ □

오늘 나의 감정

그 감정을 느끼게 한 주체

□ □

그 감정을 느끼게 된 이유

같은 상황이 온다면

□ □

이 감정은

□ □ □

오늘 나의 감정

그 감정을 느끼게 한 주체

 □  □

그 감정을 느끼게 된 이유

같은 상황이 온다면

 □  □

따끔한 지적만큼 따뜻한 칭찬도 필요해요 사람이 살아가는 데 인정은 너무나 중요합니다

따끔한 지적만큼 따뜻한 칭찬도 필요해요 사람이 살아가는데 인정은 너무나 중요합니다

이 감정은

☐ ☐ ☐

오늘 나의 감정

그 감정을 느끼게 한 주체

☐ ☐

그 감정을 느끼게 된 이유

같은 상황이 온다면

☐ ☐

이 감정은

□ □ □

오늘 나의 감정

그 감정을 느끼게 한 주체

□ □

그 감정을 느끼게 된 이유

같은 상황이 온다면

□ □

이 감정은

□ □ □

오늘 나의 감정

그 감정을 느끼게 한 주체

□ □

그 감정을 느끼게 된 이유

같은 상황이 온다면

□ □

이 감정은

 □  □ 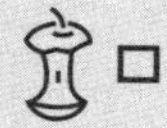 □

오늘 나의 감정

그 감정을 느끼게 한 주체

 □  □

그 감정을 느끼게 된 이유

같은 상황이 온다면

 □  □

이 감정은

□ □ □

오늘 나의 감정

그 감정을 느끼게 한 주체

□ □

그 감정을 느끼게 된 이유

같은 상황이 온다면

□ □

어른이 된다는 것은
나를 아프게 하는 사람 곁에
더는 서성이지 않는 것